四季景深

李金昆 著

山东文艺出版社

序

传承与突破

中国作家协会副主席、书记处书记　吉狄马加

拿到一个诗人作品的时候,我习惯于在他的文字间寻找与传统不同的地方,循规蹈矩、对传统亦步亦趋的诗人,或许会写出几首不错的作品,但总体来说,格局都不会太大。做人应该有规矩,但落实到文字上,不妨狂放一些、粗粝一些,不要被那些条条框框捆住手脚。一个人写作风格的形成,正是得益于他对传统的突破,于此找到了新的源头。

诗人李金昆长期生活工作在东营市,这里是黄河的入海口。一般来说,河流的下游,尤其是入海口,都是物产丰富、人杰地灵之地,东营也不例外。一座城市孕育并塑造了一位诗人,诗人的作品里,也弥漫着浓浓的故土气息。我有幸到东营进行过参观考察,这里给我留下的最深印象就是作为黄河入海口,人和自然在这里和谐相处。东营人对黄河入海口湿地的保护,也给我留下了极为深刻美好的印象。所以当我阅读李金昆的作品时,会不由自主地想起那里的天空、飞鸟、众多的植物以及一望无际的蓝色的大

海。因为我曾有过一段时间在黄河的源头青海工作,对黄河入海口的东营也有着一种特殊的感情,也正是那次对东营的参观考察,让我写出了献给黄河的长诗《大河》。也许正因为这种原因,我读李金昆的诗歌,便有一种老朋友式的亲切感。

这本诗集里的作品,许多都与家乡有关,与家乡的四季有关。那些跳跃的诗句,源自诗人内心深处的律动。可以看出,诗人正在尝试突破传统,寻找更加适合自己的写作风格。

> 春天到处是乱花迷人的眼睛
> 初夏的景深变得层次分明
> 最抢眼的是盛开的蔷薇
> 且莫触碰
> 那是初夏最温柔的部分

这首诗的标题叫《初夏五行》,第一遍读,觉得并无新意,前三句也只是简单的描述,第四句一转折,诗眼落到了第五句,这是最普通的写作手法,没什么创新,但是读完正文,再回过头来看标题,猛然发现作者是在有意识地进行自我突破。在中国,对于诗歌的创作,我们更多地还是注重"感兴""顿悟",甚至许多优秀的作品都是即兴的,也就是平时说的灵感突然来了,挡都挡不住。作者在写下第一行的时候,脑子里并无明确的指向,要在这首诗里表达什么样的情绪，随着第二行第三行的铺垫渐次展开，作者的思路也越来越清晰，等到第五句写完，作者觉得自己的情绪已经得到了完全的表达，一个字都不能再多了，全诗到此戛然而止。这首一气呵成的作品，由于在创作时并无事先的框架和意图，所以写完以后得给它起一个标题，才能算一首完整的诗歌。但是作者读完自己写的这几行作品，却无法找到一个更加贴切的题目，最后数了数行数，灵机一动，写下了"初夏五行"四个字，用作标题，现在看来是非常完美和恰当的。其实这才是诗眼，这首诗的成功之处，落在了标题上。许多时候，读诗要非常用心，才能找到作者隐藏起来的意图，许多诗歌，标题就是诗眼，标题就是正文的开始，就是第一行。

　　应该注意的是，作者用《初夏五行》这个标题，跟英美的某些十四行体，有着本质的区别。这个"五行"，是作者在表达了完整的情绪以后，后加上去的标题，整个过程是有灵魂参与的，是活泼的，而那些十四行体，注重的是技巧，是有着固定格式和韵律的，是僵化的，更是不能出格和创新的。

　　李金昆擅长抒情，抒情诗却不容易写好。诗人在下笔时，必须找到一个与众不同的切入点，好在作者一直在追求对生活的体验、对存在的理解、对人性的解剖。在作者笔下，万物各有姿态，四季风光旖旎，对美好生活的向往，成为诗人写作的动力。

　　东营有许多著名的旅游景点，但真正的美景是隐藏在没有导游的地方的,这就需要我们诗人用自己独特的眼光去发现它们,去呈现它们。在当代中外诗歌史上,关于地方经验对诗人的写作会产生多大的影响,一直是诗歌评论界非常关注的一件事情,从某种意义上而言,伟大的英语诗人罗伯特·弗罗斯特和狄兰·托马斯都是极具地方性的,但他们的作品同时又具有广泛的世界性,最主要的是他们把个人的生命体验、地方经验与诗歌所应具有的人类意义都很好地结合在了一起。毫无疑问,他们都是我们应该学习的榜样。

诗人李金昆已经写出了一些不错的作品,他用诗歌记录了自己的心路历程和对美好生活的由衷赞美,其作品的抒情性表现出了作为诗人的他,一直是从颂扬真、善、美的角度来面对自己和身边的人们的生活,阅读他的作品我再一次体会到了一种真实的轻松和愉快。我相信他还会执着地写下去,希望李金昆像一个背包客一样,坚守自己的诗歌理想,在文学的道路上,避开喧嚣,把根扎下来,突破传统的束缚,写出更多优秀的作品。

是为序。

2018年5月25日

目　录

第一辑　四季景深

003　　风吹我上山
005　　心　巢
006　　蛩　鸣
008　　秋　夜
009　　落叶之舞
010　　蒹葭苍苍
011　　月　季
012　　冰　封
013　　雪（三首）
015　　翅　膀
016　　飞　雪
017　　落　雪
018　　梅
019　　蝶
020　　蛊　惑
021　　春　阳
022　　问东风
023　　四　月

024　清　明
025　春的魂魄
026　初夏五行
027　残　荷
028　秋冬间
029　月　色
030　大河息声
032　霜　叶
033　浓与淡
034　冬　至
035　晚　秋
036　春　草

第二辑　旷原歌者

039　思　念
041　天　籁
042　醇厚的土地
043　心底的歌唱
051　老　屋
052　丁　香
053　青麦地
054　一盏灯

055 枣　树

056 一只白鹳鸟的哀鸣

058 眺　望

060 大　河

061 逐水向东

062 浩浩汤汤

064 在旷原深处

066 行过中原

067 水　声

第三辑　山水流响

071 山水间

073 沂山小记

074 彩　林

075 香山红叶

076 采　莲

077 云门山

078 行过谷溪

079 峨眉二章

081 走进大凉山

084 邛　海

085 老鹰沟

086	威　海
087	贵州素描
088	娄山关
089	遵　义
090	葛镜桥
091	平越古城
092	福泉山
093	登福泉古城墙
094	洒金谷
095	深藏着的湖

第四辑　折叠岁月

099	折　叠
100	啄　食
101	煮　酒
102	珍　惜
103	暮色已浓
104	形而上
105	回　首
107	道　别
108	滋　味
109	北京老街

110	无　题
111	重游大明湖
112	十年间
113	晚　霞
114	刘公岛
115	乳　娘
116	前面的山
117	土　性
118	背　影
119	踏　月
120	摇　落
121	开花的石头
122	我想盛开
123	偶　感（二首）
125	筑造巢穴
126	时　间
127	把幸福喂养
129	秋色涉水而来
130	云之上
131	泪一度青过
132	埋下的鸟鸣
133	枕边书
134	新　年

第五辑　如歌行板

137　渡　过

138　黑暗中的花瓣

139　怀嵇康

140　梦庄周

141　苦楝子

142　痕　迹

143　采　菊

144　我的头发飘零

145　紫砂壶

146　荷　塘

147　灯　火

148　活在生活的表层

150　穿越一千年的星光

151　太白啸吟

152　杜　甫

153　甲骨文

154　秋雨怀友人

155　致奥勒留

156　致秋天

157　游　走

158　霜

159　八大山人

160　水　墨

161　相

162　独　行

163　拟《蒹葭》意象

165　关　雎

167　有我之境中的短暂和永恒／马知遥

 第一辑 四季景深

风吹我上山

山上的风
瑟瑟地从天际吹来
仍像去年的寒

山上的枫
未经霜打
红叶却比去年的淡

山下的湖水
亦如去年的苍青
阳光下泛着微澜

山的小径通往山外
四季从这里走出
又从这里走回

它们怎知我
不同于去年的思绪呢

风吹我上山
风吹我下山

心　巢

趁榴花未谢
拍个照
把夏留住

春刚逝去
夏又要离去

等到秋季碰到秋季
不知我为秋的背景
还是秋为我的背景

我要在心室
筑四个巢
分别盛下四个季节
直到心巢
苍苍老去

蛩　鸣

且听园子里
秋之天籁

在草丛
在墙角
在灌木
或悠长
或清脆
或圆润
蛩鸣合成交响

星星伸长耳朵
卧石屏住呼吸

暂不去理会
萧萧落木
也不去理会
枫叶是否初红
我尽享

这夜露的清凉
这乐曲的美妙

我无以和鸣
且把心
当埙吹

秋　夜

秋夜
几声蝉鸣
一声比一声凉

超度秋天
亦超度老去的蝉

蛐蛐们
兀自在弹琴

落叶之舞

曼妙的旋舞
静止住风的狂啸

飘洒间
群蝶乱飞

秋哟!独你在众季节之中
以绚烂之舞而落幕

我律动的心
为落叶
击节

蒹葭苍苍

于是秋天老了
冬天已近在咫尺

水复归于澄明
生命的骚动终于停止

再次证明
时间足够长
一切都会湮灭无息

风过　草偃
蒹葭苍苍
碧水苍茫

挥别秋天
藏半袖秋色
半袖秋凉

月 季

露菊萧疏时节
蔓翠花红
何花堪比

不管风吹雨打霜欺
月月把花举到头顶
若非比生命还重的期许
怎这般坚守得迷痴

怕是一年又要错过
向谁诉说
浅浅深深的情愫

冰 封

冬以零下的冷峻
作透彻三尺的思索

将大地冰封
保鲜一切记忆
用整整一个季节
慢慢去品味

落下厚厚的雪花
假设一切都是纯洁的

然后是新的开始
该腐朽的腐朽
该新生的新生

雪(三首)

(一)

静谧
如草根的呼吸

飞扬中
冬在解构

大地嗅到
雪的肤香
在梦中骤然惊醒

姹紫嫣红的密码被破译
脱胎换骨的春天
迎面逼来

(二)

铺一张纯白的宣纸

供阳光点染烟雨

蜡梅举起手
旋转
开启春之门的
钥匙

(三)

白色的火焰
足可把冬天燃成灰烬
唯灰烬才是开始

翅　膀

落雪无疆
埋下
一片钟声和鸟鸣

一朵
想扑进窗来
把我点燃

一只小小的酒杯
酝酿着飞的意念

我在燃烧
火焰化为翅膀

飞 雪

骨髓里的热
难抵漫天的寒
愈想起唐诗里的红泥小火炉

像一篇《诗经》的颂
只是缺少了
钟磬齐鸣

落 雪

前世飞溅
空淋漓一腔心绪

不再是雨滴
而是飞翔的六出花瓣

暗盈着心香
飘飘洒洒
把前世今生的柔婉
一层一层厚积

等待
等待春的一声轻唤
只一声轻唤
内心
被一层层打开

梅

想用力咬破
锢着春的硬壳

覆着的冰雪上
绽出一朵一朵的
血印

即使零落
也是烈烈风骨

蝶

惊见一只孤零零的蝶
在料峭的风里
翩翩

飞飞停停
寻寻觅觅
觅不到绯红的依恋

早了无缘
迟了错过
竟如人不称意
何不在蛹里安眠

可是为情而生
却梦断春寒

蛊 惑

这魔性的阳光
把原野蛊惑了

原有的禁锢在消融
原野已滥觞一种放纵

僵硬的腰肢舒展欲曼舞
会飞的香呼之欲出
那些蓓蕾
半遮着面
摇曳出千种风情

这魔性的阳光
一切的美好
皆可发生

遥眺的目光
飞入一片鸟鸣

春　阳

着一袭青衫
在疏林间的映照里
安享这明媚得近乎奢侈的阳光

我近乎贪婪
贪婪得想把这一片阳光
一缕不剩地
收藏在心底

问东风

东风无骨

软得无力

扶不动

层层叠叠地摇曳生姿

飞香盈袖

再次重逢

依然相见如初

触摸往昔

依稀遗梦里

缤纷落英

借问东风

能否催生旧枝

四 月

给我一柄拂尘
拂出一片澄怀

揽入
明丽的蓝天和阳光
风行流畅的气韵
翠竹如古琴声悠的清籁
鸟的快乐无忧的鸣啭
香径通幽的深静

四月
把我抽象成一抹景深

这时节
四季中最难得
这心情
一年中最少有

清　明

清明的雨
能译出
故去亲人
青色的语言

且于泪眼中
蔓延成萋萋的一片
足够读上
一年

春的魂魄

簇簇的樱花
美得慑人
谁不为之倾倒
何况
我久习于红尘

不知春风
施了何种魔法
呼出这般酷烈的绚烂

耽沐簌簌花雨
不厌活在尘世

接几瓣春的魂魄
香柔温润的魂魄
在掌中

初夏五行

春天到处是乱花迷人的眼睛
初夏的景深变得层次分明
最抢眼的是盛开的蔷薇
且莫触碰
那是初夏最温柔的部分

残　荷

荷叶折向水面
看到一尾鱼在戏水

梗已举不起秋风
萎成八大山人的墨韵

莲蓬硕硕
不知遗谁
暗想：
若有纤纤的手来采
安置到一汝窑的瓷瓶中
一点秋色
还会袅袅然

一只水鸟
立在荷上
啭几声秋寒

秋冬间

秋之行囊的秋色
已所剩无几

秋斑斑鬓发
经不住风瑟瑟地搔了

残剩
几片斑斓
一泓秋水苍青

而我夹在秋与冬的间隙
不知
左倚秋凉
还是右倚冬寒

月　色

今夜月色可怜
正是太白举杯邀明月的那种
仙谪人世
一把酒壶倾出
三千尺飞流般的诗兴
绝句溢出的月色
落溅盛唐歌吟

今夜无酒
这轮月怕要孤独
好在有这山峦相伴
可静听
一山蛩鸣

大河息声

风呼啸着掠过河面时
河的表情僵硬

你立在河岸
表情如冰

空旷充塞了视野
生机已被岁月消耗至尽

鸟雀不再留恋高枝
埋头在地上啄食

你或许感觉到
冰封着的水是热的

回首西边的黄昏
犹有余温

大河息声

你的喉结里
不知为何哽咽

霜　叶

别
黯然神伤

滴滴红泪

浓与淡

至四月
荫覆浓了
至六月
浓的更浓

到了秋天
先是云淡了
荫覆也随之疏且淡了

在渐浓的秋声里
一群白鸟淡淡飞去

冬　至

左边的脚印才秋天
右边的脚印已深冬了

风伸出冷冷的手
叩我的窗
几案上那丛水仙听到了
绽出一片惊呼

冬至告诉我
已交一九
接着是二九
燕归来的时节该不远了

我写下几行诗句
它们的足踝
踩在南回归线上

晚 秋

那人在水之湄
行行停停

面色如纸扇
折进冷肃的晚秋

俯身
捡拾几粒卵石
如捡拾二三心事
抛向水面

卵石——
先黄昏
凋落

春 草

风快地嚼着覆雪
裸裎以青

一簇的茵茵
已属春的领地

从一片灰白中
闪身而出

终放却不了
草长莺飞的执着
犹之我
怀一颗尘世的心

 第二辑　旷原歌者

思　念

一次次走近你
一次次都不曾留下脚印

芦苇和香蒲间淡蓝的野花
不分四季地开放着
每一次走近你
都是踏着这淡蓝的
野花而来

想起那优雅的弧形
苍穹是弧形的
太阳和月亮的升沉是弧形的
丹顶鹤的翔舞是弧形的
我的心腔也便呈了弧形

那海水在梦里很轻
透明如蝉翼

那河全部的流水

仅能潮湿两个眼角

心贴着你很近时
离你很远

天　籁

大雪如大提琴低回的奏鸣
雪一样洁白的天鹅与舞蹈家般的丹顶鹤
引吭和唱的高声部
风如梦呓
大河覆在冰下幽咽似吟哦

一只飞禽
从一泓未结冰的水面上划过
涟漪
荡出古筝的清响

醇厚的土地

久远岁月的一幕——

无垠的处女地
富蕴生殖力的处女地
在淡青的黎明与火红的黄昏之交替中
青了枯、枯了又青的处女地

拓荒者已在耕作
酥润的泥土弥散着阳光的气味
眼之前水汽蒸腾如蒙蒙薄雾

如紧攥着命运紧攥着乍泄的春光
渴望的目光拥抱着播下的种子

啊　这醇厚的土地
如此经岁月发育成熟

心底的歌唱

一

这是一片没有山却有河的旷野
河有多长
目光就有多远
河流到天的尽头
天的尽头是海

二

河曾经不止一次地冲毁房屋和田地
过后人们依然逐河而居
河之岸
是我炊烟不断的祖居地

三

我想吟诵这条河流

一滴泪
却哽在喉头

四

青黄不接的春天
最怕看见父亲阴沉的脸
那些日子
至今在心里打着结

五

春风吹来时
白茫茫的盐碱地无动于衷
好似春风与它无关
它只是个旁观者

六

春天的雨金贵
一滴滴的雨珠
像是一粒粒饱满的麦子

七

中秋夜是梦圆的夜

我只梦见得到了一块月饼

八

村里能叫我乳名的人一个个过世了

偶尔听到有人叫我的乳名

泪水就会溢出我的眼睛

我是他们

永远长不大的孩子

九

走近你时

感到陌生

离开你时

又那么熟悉

十

耕耘了的土地是芬芳的

还散发着阳光的气息

十一

当我碰落草叶上的晨露时
我才知道
夜去了哪里

十二

村外的姑娘
沿着村里崎岖的小路嫁过来
村里的姑娘
沿着村里崎岖的小路嫁出去
小路仿佛是命运的暗示

十三

我常常仰望院子里的大榆树
因为它最接近天空

十四

我要像诗人那样颂赞你——

这片生我养我的土地

我祈愿这片土地

永远是阳光与甘露的领地

十五

我用夹子夹过到水塘饮水的鸟

我捉来蝈蝈放在笼子里

我用还面筋粘住树上的知了

它们满足了我的童心

我却让它们失去了自由

十六

我比安命于故土的乡亲们

多了一种向往

我从找到的残旧的书里

嗅到了外边世界的气息

我考上了学

比想离开而未能离开的伙伴

多了份幸运

向往与幸运

往往能改变人生

十七

从远处

更远处

在云的后面

响起隐隐的雷声

我知道

春天降临了

那是上天为春的降临举行的仪式

十八

落霜的秋夜

我听到几只蟋蟀在墙角的暗处鸣唱

一声比一声凉

我孩童的心里第一次感受到忧伤

十九

下雪时

村子一片白

树的枝干愈发黑

只是雪压弯了枝头

显出些许柔性

二十

我们的祖先从太行山迁徙而来
分瓣的小脚趾甲
那是骨血遗传的密码

二十一

自从在水一方的第一缕炊烟升起
人们便与这片土地再也分不开

二十二

随处可见的野草一岁一枯荣
而人不同
荣和枯都只有一次
草是卑微的
却自有其幸福

二十三

歌者

在河流与庄稼的沉默中沉默
河岸上投下孤独的身影
在真实与虚无之间

老　屋

老屋
已很岁月

夜深人静时
偶碰到它投来的目光
便把我的心灼伤

况今夜的雪
点燃了
记忆深处的一盏灯

设今夜来到它跟前
它会猛地抱起我
掏出它全部的体温

丁 香

去年的丁香
忧郁的丁香
今年不知什么模样

去年在雨中
你忧郁成一团绿影
我只嗅到你一缕馨香

你在雨的空蒙中
那缕香可是为我吐出

今年的邂逅也许不在雨中
怕看清了你的模样
却嗅不到那一缕
销魂的香

青麦地

我站在细雨
沃若的光里
每一滴雨
都散发着麦浆的味道
麦穗的芒
战栗着青色的闪熠

青麦地
饱满的欲望在燃烧
甜蜜的雨
乃液体的阳光

仰起脸
以吮吸母乳的姿态
吮吸甘霖
我幸福成一棵麦子

一盏灯

啄破夜的壳
蚕食黑暗

一盏豆大的灯
点亮童年

夜深得无际无边
昏黄的光里
做着奇奇怪怪的梦
一团的光影
像绽开的花瓣

多少年
多少年
一盏灯亮在骨头里
夜行时
晕出一粒光
风雪夜
燃一星暖

枣　树

仿佛听到
老家院子里那株枣树
啸出秋声
我便秋色起来

还记得吗
一少年
攀上枝丫
摘八月的香甜

我离你再远
也超不出
你守望的距离

一只白鹳鸟的哀鸣

撕心裂肺的哀鸣
在旷原
在雨中

人们在巢中找到了死去的母鹳和幼雏
它们遭电击已是焦黑蜷曲
人们在泽畔把它们掩埋
无奈掩埋不了它的悲哀

空空的巢曾是它们的天堂
它曾痴情地守护着这份爱
它仿佛因爱而生

巨大的悲痛噬咬着它的心
它宁愿相信这是一场梦
梦醒时
一切又美好如初

从此

天涯孤影
从此
生命将为不弃的爱而耗尽

在旷原
在雨中
它久久不肯离去
撕心裂肺地哀鸣

眺 望

故齐地之东
黄河入海口
其壮阔之美
迄今我找不到滚烫的词句
描写出它在我心中的热度

百里平川,阳光灿烂
春色秋色轮番
妖娆着丰腴的土壤

不息的河流蜿蜒而来
逶迤而去
河风轻拂时
青草和野花漫过河洲
锦绣安详的日子

天空高远
飞鸟和鸣着掠过
万物钟情的故乡

绵延的河滩,一切秩序井然
平静地安放着四季

我生于斯,长于斯
总感到,这条河流
有条脐带连着我
一生的厮守
还远远不够

我每次深情眺望
就难以心若止水
我愿成为一名旷原歌者
为它献上美妙颂词

大　河

你的根
深扎在青藏高原

你的枝
蜿蜒在九曲

你的叶
绽开在河的两岸

你像藤
把春秋的柔腰缠绕

结一颗果
叫渤海湾

逐水向东

你俯瞰河流在沙滩上留下的纹理
想看懂河之万象
逝水不复
纹理叠加着纹理
其实是历史接续着历史

大河不同于小河
不愿停顿成
人们驻足的风景

所谓大
不仅因有容乃大
还因融入至大容

你把岸芷汀兰
花开花落
都看成了形而上
而把目光
逐水向东

浩浩汤汤

你算不上丽水
丽水之湄
须有丽人楚楚的倩影
而你的侧畔
尽是无垠的黄土

你抱怀着沉重的历史
以不停止的步伐
穿越古今

你奔流的沉积
像扇形的花瓣
在湛蓝的海岸绽开

我啜饮你的沧桑
在河风的吹拂中
铺展开一片苍茫

谁在河之岸歌吟

粗哑的声带
发出如你般的颤音

顺着你的流向
视野渐阔渐远
我试图
以狭小的心房
装下你起伏的涛声
而你溢出心房
亘古不变地
浩浩汤汤

在旷原深处

在旷原深处
我看河流怎样用一腔的心血
滋养着沃野千顷
河洲吸吮着乳汁
一天天变大

看野花遍开,草木青青
看阳光照临时
那片油亮的起伏
看一朵花的目光被一只蝴蝶带走
看夏季从黏稠的蜂巢溢出

聆听轻风与野花细语
聆听群鸟百啭千鸣
聆听甘美的涛声
穿透耳膜

紧靠河流
躺在柔软的草地上

让明媚的天空

把体内忧伤的部分掏空

充实进世界的丰富

这方芳草地

足以安顿今生

我的意念溯河而上

谁在上游衣袂飘动

依恋地歌吟

此时

我的心贴着河的心

泪水滔滔而下

灌溉以母亲命名的名字

行过中原

辽阔的旷野
把飞鸟都收藏起来

厚土下面
则收藏着仰韶的陶器
殷墟的甲骨
几个朝代高高的庙堂
群雄逐鹿的铁戟

遥遥闻听
风弹拨黄河
声如箜篌

我把所剩无几的黄昏
——收入行囊

水　声

水之涯
苇子弯下腰
啜饮水声

水声漫过来
从脚跟至头顶至飘飘的苍发
身子盈盈地
涟漪起来

心壁荡出
童年的回响

 第三辑 山水流响

山水间

这湖水
曾照见我的年轻
现在照见我的华发
湖水常清
鱼儿老否

这山峦
曾如青黛
今似绵长的画眉
可否再觅眉间的灵动

这山林
曾踏月而来
是否月色依旧袭人
沁着露水的幽香
沾我的青衣

这小溪
依然泠泠清清

淙淙地泻出
如今能否载动我的思绪

天边的云霞织锦
要为岁月裁一身霓裳吗
而山水
赋我以苍茫

沂山小记

从半山腰
鼓一口气
就能爬上峰顶
黑松、油松、板栗树、柞树
也不费劲地攀上来
苍翠一嶂秋岚

飞泻而下的是百丈瀑布
几层叠水
则隐没在乱石中
一直喧响到山脚

山脚有一巨石
从母体分离
脚已着地
好似一喊它
便随我出山

彩　林

秋风一吹号角
各种色彩
在黑水奶子沟集结

大红、紫红、糯红、金黄、墨绿……
明丽得逼人的眼
蓝得酷烈的蓝天
无奈地逊让了

我不敢长视那魅惑
怕被它摄了魂去
把我化成一片彩叶
斑斓在它的枝头

香山红叶

在香山
在落霜的晚秋

千年凝练的清芬
淡淡的
淡到雅的清芬
已够迷人
而烂漫的色彩
酷烈地铺展
把三季的绚丽
精粹于一叶之中

我摘一片红叶
珍藏一帧
不凋的风景

采 莲

棹桨荡舟
在江南
在多湖的江南

多湖的江南
荷叶田田
红荷亭亭

咿呀桨声
采莲
莲子清如水

归舟　归舟
恰空蒙起
一湖烟雨

云门山

云　洞开门小寐去了
陈抟还在八百年大寐
海龟何时从东海爬来
贪睡似无意回龙宫了
若非山雀在耳边鸣啭
怕黑松也睡过了头

欲学雪蓑
没有云
且卧石

行过谷溪

抱朴天真的淋漓
亘古流转的孤静

五光十色的沙子在水底惬意长寐
蝌蚪的骚扰也未惊了它们的一枕清梦

几片橡树的落叶悠然飘过
像远去寻道的行僧

一枝红蓼临水冥想
可是另类梦蝶的庄周

我羡水中隽石
恒久沉浸在这方清幽
我无奈就要出山去
山峦隔开天地两重

峨眉二章

（一）

你有秀丽的名字
而你比你的名字秀丽百倍
云雾为你舒展
树木为你叠翠

你在日月之下
凡尘之上
你与菩萨同在
与妙善同在
与美同在

我身处尘埃
这 3099 米的距离
用半天时间可否就能渡过

半生跋涉还将跋涉

天地悠悠叹已半鬓白发

川向东流

山向天耸

东方曙光正把云层穿破

（二）

倾泻的阳光

把金顶镀成与佛身一样的金色

金顶顿时

熠熠生辉

云从深谷升起来

如梵音响起

皆净　皆空

峨眉似眉

还是如筏？

走进大凉山

一

因为风
白云未能系到山的头顶
我在仰望天
山也在仰望
这里离天很近
我的灵魂离开我的身躯
如敏捷的雪豹
在崇山峻岭间跳跃
我望见了鹰
一道黑色的闪电
我望见了彝人神秘的祖居地
我望见了沉默的森林
我望见了坡上的羊群
我望见了深沉的野性的河流
我望见了炊烟升起的瓦板屋
我的灵魂不由得战栗

二

我听到口弦如蜻蜓金黄翅膀在振响
我听到马布与卡谢着尔的和鸣
在摇着法铃的毕摩的指引下
我仿佛目睹了支呷阿鲁的英武
火焰升腾起来
我仿佛听到来自另外一个世界的声音
汉人的心脏
也能听得懂彝人的心跳声

三

我见到了身着百褶裙
佩戴银饰
会跳朵洛荷舞的姑娘
她们的眼睛像星星一样闪亮
我见到了打着英雄结的男子
他们有着古铜般的肤色
我很想去看看沙洛河
躺在它的身边听动人的谣曲
因为那里是诗人吉狄马加的故乡

四

我走进大凉山
来到太阳和星星的身旁
在吉勒布特无边的原野
找到了栖息灵魂的巢穴

邛　海

一个海拔 1510 米的海

一个 31 平方公里碧波荡漾的海

一个北有青龙山南有泸山环抱的海

一个已历 180 万年曾叫邛池的海

一个西昌城南边的海

一个形状像蜗牛的海

我不过是这海的过客

这里的山水带不走

只带走细雨空蒙的记忆

老鹰沟

水从山脊跳下来
迸泻一涧
液体的翡翠

涧中的石头
激荡出山水清音

蝉也爱水
临水而歌
嗓音格外清脆

从此
水难为水

我以湍流漱心
看能否漱成玛瑙石

威　海

海蓝得像天

天蓝得像海

照临的第一缕曙光

像初绽的花瓣

白云在海里游泳

海鸥飞翔在天空与碧波间

如盛开的白玉兰

一串城市

面向大海

孔雀开屏

贵州素描

大大小小
高高低低的山峦
宛如一枚枚的花枝
簪在
云贵高原的鬓发上

有峡谷
就有湍急的清流
有湍急的清流
就有流淌的翡翠

阳光不敢逼视这壮美
常常躲在云的后面

云雾缥缈
如梦如幻

娄山关

意志如铁
就没有跨越不了的险隘

西风烈
一怀豪情诗情
洒落层峦叠嶂

毛泽东脚踏雄关
吟一首《忆秦娥》
把万里江山
尽收眼底

遵 义

一个历史的时刻
把一盏灯捻亮

闪放出的光束
在深夜里辟出一条路

绝处逢生
乾坤扭转

伟人的巨手
打开黎明的栅栏

葛镜桥

石头再坚硬
还是经不住时光的剥蚀

历经四百年
已经堪称奇迹了

而真正不朽的
却是用三十年造桥的葛镜

平越古城

抚摸六百年前的石头
明朝很凉

石缝长满了绿苔
尘封住久远的往事

张信修成了平越城
张三丰修成了神仙

一个为后世
留下了古迹
一个为后世
留下了道心

福泉山

张三丰在这里
负阴抱阳
羽化登仙

我来寻仙人踪迹
袭一领淋漓的真气
草鞋泉如水写的经书
山川间蕴藏着玄机

我看到
阴阳鱼的眼睛
灵动

我的心
若水穿尘

登福泉古城墙

登临古城墙访古
一条幽暗的河
亘古在流

不远处
福泉山转动着阴阳鱼

河的对岸
万家灯火参差错落

今通着古
尘世通着仙阙

洒金谷

向低处走
盈一怀真气

向高处走
我把潭水抛在峡谷
峡谷把我抛回凡尘

深藏着的湖

你深藏在重重山峦的环抱里
我与你不期而遇

不知何时你隐居于此
不知经过多少岁月
修炼得一怀澄清

一轮月投在你的怀里
漾不起一丝涟漪
满山的秋声与瀑布的飞泻
显出你的柔静

我默不作声
闭目打坐
期望着你给我以指引

浮现的尽是过往破碎的旧影
晚来的风
未能把身体吹空

我索性睁开眼睛

既然无法把生活揣透

何不尽享尘世之爱

在春去秋来中

 第四辑 折叠岁月

折 叠

我把过往的杂乱的场景
折叠起来
留待日后慢慢地检视和翻阅

摘下造业树上结出的苦果
半生愚痴
合当反复地咀嚼

还有最深处最不舍的一点渴望
收藏到心里
用热血暖着

啄 食

我的岁月
是一枚橙红的柿子
被飞来的鸟儿
一口一口啄食
时间喊疼

或许不应再期待什么
我已消耗了太多的
阳光、养分和水

鸟儿不停地啄食
似乎没有赞许的表示
那就许我几声呜哢吧
待啄食完毕

煮 酒

大雪纷飞
煮一壶酒

没有风雪夜归人
往事却不约而至

莫道与往事干杯
恁一个酒杯
怎盛得下

七分酒意
三分豪气
往事比酒滚烫
流转曲肠
谁能不被其灼伤

至少我是不能
半生修炼
也未能超凡入圣

珍 惜

满树繁花
转瞬间
落红无数

无计留住
又何须留住
只是今后的每一寸光阴
都当珍惜

握住一瓣落英
握住一瓣流年的香郁

暮色已浓

回吧
不要在向晚的山里踟蹰

虽然　湿润的清香和
玲珑的月色可采撷

雾起时
容易迷途
找不到回归的路

暮色已浓
趁晚霞扑扇着翅膀
倦归山林
趁深山的鹧鸪在远处还未叫起

回吧
不要在向晚的山里踟蹰

形而上

在深厚的夜里
我的灵魂
卸掉外壳

我听到
窗前海棠的蕾
吐出真言

我　形而上
在红尘之外

回　首

我终于知道
一些事无法更改
如身后留下的脚印
一些事必须放弃
如秋树凋碧

我终于知道
许多的以为
原来都是错的

时光一去不还
如花朵绽开又枯萎

回首时
华年已逝

可是　我的眼里还有滚烫的泪
我的胸中还有一颗无邪的心

我踏月而行
山空湖静

道　别

就此道别吧
日已夕暮

日已夕暮
西边的云彩
也在与落日道别

既然无法重回
就把一切的惶惑迟疑　颠倒梦想
还有不成调的歌吟
都留给萋萋的岸芷

转身走向
浩渺的烟雨

就此道别吧
渡船已向着彼岸　开启

滋　味

昔日
在心窖里
久已发酵成曲

今夜月色如水
可用作酿酒

虽非佳酿
亦可入口

在初夏花开的氤氲里
独自啜饮

北京老街

我踏着或许是前朝的一块石头
幸未惊醒
一枕京华旧梦

唯见青砖黛瓦
肥马锦衣今安在?

试问飞来的燕子
可识广厦的旧巢?

瞻梅兰芳故居
袅袅幽香袭衣

嗟满纸沧桑
不知从何落笔

无 题

我在雨中散步

雨敲我的伞

竹在雨中沐浴

雨敲竹的叶

我与竹各得其所

重游大明湖

时隔 32 年再次相见
我看你已陌生
你望我似茫然

历下亭如翼
飞了多少年
也未飞走

红荷依然君子之风
清波倒映一抹山岚

把栏杆拍遍
再拍不回
青春华年

十年间

多少五味杂陈
恰够酿一壶酒
多少风霜雨雪
恰能盈两眼泪

用脚走过的路
再用心一走再走

十年花开花落
十年日升月沉
中年辛苦
欲说还休

晚　霞

云轻柔地抚摸着山的脸颊
树丛想抓住坠落的晚霞
尖叫着的一只云雀
从我与另一个我之间飞过

那片茫然
被夕阳点亮

而此时
晚云
说蓝就蓝了起来

刘公岛

甲午海战的利炮
轰塌了最后一个王朝的大厦
也击中了睡狮的痛穴

一个舰队覆灭了
海底的亡灵
夜夜借着海风呐喊

一个民族
由此抖落满身的硝烟
点燃燎原之火

夜宿刘公岛
我听到
环岛的海水
如我一样
一夜辗转反侧

乳　娘

踏着青石小路
一步步走向硝烟弥漫的岁月

斑驳的墙壁上
依稀飞出当年孩子们的
笑声和咿呀学语

朴实善良的乡亲们
用牺牲和爱
为孩子们筑起
一片环形的港湾

一个平常的小山村
让我如此心肠滚烫
因为
有一个滚烫的名字
叫乳娘

前面的山

少小时
推开窗
前面的山
是一个童话

青年时
推开窗
前面的山
是一座屏障

老年时
推开窗
前面的山
是一片落叶

土　性

果实成熟了都向下垂落
落叶都归根
人老了都向下弯曲
回归泥土
这不单单是引力使然
还因都有土性

背　影

在一场冷雨中
秋走远了
一抹斑斓的背影

读你的背影
如读一个典故
千百年读你
又有几人读懂

何是你漂泊的理由
你将归于何处
读你几十遍
人已老矣

我一怀的情绪也斑斓
不在枝头
在心头

踏　月

深山踏月
因这月色可怜

莹莹的露珠
打湿了蛩鸣
渐浓的秋色
袭我衣衫

不去思量古往今来
也不叫愁思有所凭借

掬一片月色而归
月色醉我
我醉月色

摇 落

草木摇落
月色摇落
遂想到
之前一切都摇落了
不分悲欢圆缺

林疏山远
水落石出
秋之遗产
不知象征着什么

开花的石头

几十亿年前的地壳运动
把时间固化在岩石中

没有色彩
没有花香
唯一的一次盛开
却成为永恒

山
美丽的胎记

我想盛开

我的蓓蕾
过了春夏秋三季

我羞怯开出的花
吐不出芬芳
更没有婀娜的模样

但我想盛开
让这秋季多一份点缀
至少可以孤芳自赏

偶感(二首)

(一)

喜爱白昼的人
不知夜色之深

(二)

在人群中
我感到窘困

在无人处
我感到慰藉

这非因为
一片阳光、一片绿荫、一片月色
我可独享

只因为

离群索居时
我的孤独才可以自由地生长

筑造巢穴

心灵需要安放
我便在诗歌里
筑造巢穴

阳光和月色为经
四季为维

心灵在巢穴里
蔓长成一株野生植物

吟哦里
花朵绽开

时　间

我感到时间并未流逝
它留在日月的升沉里
它留在树木的年轮里
它留在庄稼的拔节和籽粒里
它留在花朵的开放和飘落里
它留在雨里
它留在雪里

我希望时间流逝
把我的白发和皱纹带走
把我所爱的一切人的伤痛和烦忧带走

把幸福喂养

撷生活的芬芳
把幸福喂养

快乐总是多于忧伤
就像一过冬至
就会夜短昼长

四季变换着风景
每一季总值得去欣赏

生命若水
穿尘而过
岁月的逝水沉香

已经走了很长的路
抬起头
望望远方

揽一怀春色歌吟

拥一窗秋声入梦

海明威说

"这个世界是个好地方"

秋色涉水而来

不知何事萦怀
将愁不去

一壶酒
醉杀不了洞庭秋
却能自醉

秋色涉水而来
扰我心扉

醉眼里
一轮月
卧在酒杯

云之上

攀到云之上
鸟翅之上
一时间像退出红尘

而天空碧蓝的真实
远处的山峦如黛
并不虚空

终归要下山去
尘世之爱怎能放却
多少人和事
值得去怀想

回到云之下
又见翠色的鸟穿行于密林间
不知什么花在开
袭来一阵幽香
枫叶正把一段尘缘
燃烧至红艳

泪一度青过

我不知还欠这个世界什么
却觉欠很多

而时光逼我太迫
恍然间半生已过

白天不放过
夜里不放过
我的心已成蜂巢状

假如那些债是裸根
我愿将心零落成泥

且在零落成泥处
长一株小草
以证明
泪一度青过

埋下的鸟鸣

去秋落叶埋下的鸟鸣
春醒时
啼在枝头
而埋在心底的几声鸣啭
却被去冬二三烦恼事件啄食

枕边书

如一条小溪流过来
我的身体即成裸露的河床
臂便成河岸

有时水含着沙子
呛出我
一眼泪

一朵朵涟漪
漾出灵魂的回响

一盏灯
亮在水声的尽头

新　年

一年最后的一页
就这样被撕掉了

新年从一本崭新的日历中
翩然而至

钟声准时响起
在新年拱手送别旧年的
午夜时分

惊醒了
那株梦里酝酿着春意的蝴蝶兰
一只只的蝴蝶
张开紫色的翅膀

干杯
祈愿在胸中暖暖地
涌动

 第五辑 如歌行板

渡　过

早春是一次渡过
此岸　冬的边缘
彼岸　繁盛的仲春

遂想到
人生何尝不是一次渡过
无论长久与短促
无论简单与复杂

初老的我
嗅着早春幽微的气息
恍如有所失落
又恍如有所追寻

心旌里
依然花枝摇曳

黑暗中的花瓣

黑暗中的花瓣
成了花的形而上

也许只是半开
而半开的花
如半醉的酒

生命最绚丽的时刻
隐没于黑暗
唯黑暗见证了它的美

心房的光暗自照彻自己
一缕香穿透黑暗
由远及近

怀嵇康

七尺八寸的俊伟
"肃肃如松下风"
旷迈不群

锻灶炉火纯青
淬出魏晋风度

"本自餐霞人"
琴曲四弄
袅袅绕竹林

痛惜玉山崩摧
《广陵散》绝音

凌清风以三叹兮
千载揽其余芬

梦庄周

我梦庄周
乘鲲鹏之翼
海动风起
任逍遥游

我梦庄周
鼓盆而歌
忘情于时间之外

我梦庄周
庄周化蝶
不羁不绊
翩翩自舞

我梦庄周
我已非我

苦楝子

静静开着淡紫的花
谦卑无争
默默吐出芳香
从不怨艾命运

把时光
一层一层包裹起来
泌出胆汁
疗愈创痕

繁枝细叶的暗处
是颗怎样的心

痕　迹

蔷薇　打磨着时光
却经不住时光的打磨

只是　枝头
隐约留存着
嫣红开过的
痕迹

采 菊

采撷菊花
采撷最后的秋色

秋色年年相似
人生岁岁不同

须有流霜
雕琢灿灿的风骨
须有美酒
啸出千古豪气

试问陶公
"采菊东篱下"
真的就悠然了吗？
可是心灵无法安置
才归去来兮？

月如菊瓣
菊比月瘦

我的头发飘零

我的头发飘零
像一片片落叶
我用诗的镰刀
将岁月的荒草刈割
秋色正斑斓
风穿行于枫林
踩踏出一串串绛红的脚印
月亮如一匹棕色的马驹
嗒嗒而过
我的头发飘零
如一片片落叶

紫砂壶

盈时
沏开一团绿影
空时
归于一片虚静

空了时盈
盈了还空

一层薄砂
隔开凡尘

荷　塘

田田的荷叶与红荷白荷
把荷塘遮得严严实实
人们只赞美荷
不再赞美水

水保持着水性
梦不再空洞

灯 火

隔岸闪烁的灯火
你痴痴凝望
似把熄灭的往事点燃

茫茫的湖水
恒常的茫茫

过去补偿过去
犹如泪水洗去泪水

活在生活的表层

我是一个浅薄的人
活在生活的表层

我简单
感到这个世界也简单

生活像一池深潭
我喜欢表层的微澜
这样使我轻松

深处虽碧绿如玉
但潜进去
那涌流让我喘不过气

我也不喜欢底层
沉渣和腐草
会污染我的心灵

我喜欢像一只蜻蜓

浅浅地点水
任意西东

穿越一千光年的星光

何其邈远
以光的速度
一千年才投来青睐

循银河哗哗的水声
瞥见蔚蓝色的地球

长睫一眨
怎知这颗星球
已一千次寒来暑往

上一个千年的大门已关闭
你竟发觉
手里握着一把
生锈的钥匙

太白啸吟

遥遥听到太白啸吟
啸吟得逸兴飞扬
啸吟得惊风雨泣鬼神

空有一腔补天壮思
唯举杯
啸出千古豪气

总是你举杯邀月
这次是江中的月邀你
你最后一次长啸
遂捉月归去

溅起淋漓的瑰词丽句
铿铿然
流响古今

杜 甫

大唐山河破碎
致君尧舜上的长梦
终如一片花飞

热血里喧响着悲怆
瘦骨里独醒着诗魂
折肠忧黎元
笔底涌出沉郁顿挫

白首不胜搔
千根忧思捻断
盈盈花溅泪

千秋明月
独怜斯人憔悴

甲骨文

我目睹甲骨
遥遥传来祖先的声音
我凝视其上的裂纹
遥想祖先启问天意的占卜

我不由得向 119 年前的那个人
投去敬重的目光
因为他
一个民族的视野
纵深了几千年
一个时代
为之怦然心动

秋雨怀友人

秋雨要多么绵绵
红叶才能缱绻
绛红到情浓处
手掌握秋的斑斓

望不尽的蓝水青烟
一壶苦茶
独斟这秋色

我在江北
你在江南
征鸿声声
你会收到我的秋雨笺
若你行吟泽畔

致奥勒留

多少一时赫赫威名
如秋之落叶萎地成泥
你的名字
却成为不朽者的代名词

写给你自己的《沉思录》
让世界上的人们经久诵读
不可思议的魅力
甜美　忧郁和高贵

你在道德上高蹈
又在哲思中低回
你拯救不了罗马帝国
却拯救了无数人的灵魂

致秋天

我把心留在枫树的枝头
与红叶一起环绕着你
让秋声点缀在梦中
让你盛开绚丽

你明澈的眸子
就会像阳光充实那空缺
我的躯体洞开并透明

我血的音节
愿与你同振
我们同是短暂的停顿

游　走

我的灵魂
在月光下游走
随云自由卷舒

而后
灵魂盘坐在山岗上
轻操无形的古琴
弹出月光如水
弹出流霜暗凝
弹出赤丹的枫叶凋落
弹出初冬的冷寂

之后
灵魂变成一张古琴
被风的手
不成曲调地任意拨弄

霜

非是痛彻骨髓的痛
不能使露结为霜

春天为雾
夏天为雨
秋天成露
命运让它一变再变
反复无常

晓看霜落处
刀刀见伤

八大山人

瘦成
一支狼毫
把心中的块垒勾出来
皴成耿耿的石头

勾出来的意兴索然
一笔两笔即可画出

心残缺了
便不再把鸟的眼睛画圆

恍惚间
看见八大山人立在枯枝上
翻着白眼

签押似哭似笑
一大片留白
乃空了的江山

水　墨

风
把憔悴的我
吹成
一叶斑斓
摇曳出秋声

月光
抱着一怀霜
撞到我的额上
漫漶成
水墨

相

昨日涅槃了
而在心中留下了相

我是一枚
破茧而飞的蛹
飞
是飞的相

独　行

风雪中独行
不须举着伞

我黑色的衣衫上
开一片梨花的白
不能钓
寒江雪
只等雪来
钓我

拟《蒹葭》意象

那彬彬君子
载一舟秋色
寻窈窕的
伊人

风告诉他
伊人在水声的尽头
美目顾盼

上游茫茫
下游茫茫
只不见伊人的倩影

想那裙裾翩翩
想那明眸如白露
想那伊人立着的地方
会绽出一朵水莲

焦渴的相思

已瘦成箫声
想握伊人的手
交缠成连理的枝茎
握着的
却是七孔的凄凉

关　雎

那时
淑女窈窕在
遍开黄花的荇菜里

钟情的书生
纵五弦七弦
终求之不得
沉吟赋的几句兮兮
辗转反侧

今夜
淑女窈窕在
打开的那本线装书里
我想在字里行间
掬起随波流逝的倒影
掬起的竟是一掌
关关的啼声

有我之境中的短暂和永恒
——李金昆诗歌读评

马知遥

不知道诗人自己意识到了没有,至少从形式上看,诗人李金昆的诗歌题目都是景物,从整体上可以归为中国传统咏物诗歌的范畴,作为白话诗歌的咏物诗似乎在现当代也从未中断。诗人们借助对外界景物的描述和咏叹抒发内心的块垒或豪情真意,致力于这样的诗歌写作常常充满险途,因为古人和今人对那些景物描写得够多,也有了一定高度,你写的诗不小心就会成为模仿或者复制,很难超越前人的境界。诗人李金昆似乎就走在这个险途上,然而可贵的是,他的诗歌从整体上表达了一个诗人清正敏锐的特质,内心世界的孤独也让他的诗歌透着潮湿的抑郁之情。诗人每每将"我"之灵魂嫁接到景物中,万物皆有我之色,其中有瞬间的情绪表达,也有让人回味悠长的永恒的意味。

在《秋夜》这样一个常见的场景中,诗人读到了悲凉,那种超度亡灵般的悲凉。好似秋蝉在哀悼老去的自我,又好似在为整个秋天的逝去而唱一首挽歌;在苍凉的意境里又凸显一个蛐蛐的形象,形单影只地弹琴。自然景物中

融入了巧思,个人情感的加入让诗具有了画面感,秋意陡然丛生。这是对自然的歌咏,更是对生命的叹息。诗歌这样写道:

秋夜
几声蝉鸣
一声比一声凉

超度秋天
亦超度老去的蝉

蛐蛐们
兀自在弹琴
——《秋夜》

同样是写秋天,诗人从古意中化用,以《蒹葭苍苍》为题写道:"挥别秋天/藏半袖秋色/半袖秋凉"。是啊,秋天,在古诗里是对爱情的向往,在这首诗里我们看到的更多是对岁月无情流逝的叹惋,是独立寒江、孑然神思时的怆然。

而一场冬日落雪在诗人金昆眼中是这样的:

前世飞溅
空淋漓一腔心绪

不再是雨滴

而是飞翔的六出花瓣

暗盈着心香

飘飘洒洒

把前世今生的柔婉

一层一层厚积

——节选自《落雪》

  这首诗的独到之处是将雪花比作飞翔的花瓣，是雨水的另一种变化，是六瓣的情怀。这样的巧思加上诗人注入其中的对其符号化的情感表达，让此诗显得不凡。同样写冬天，在诗歌《梅》里，诗人写道："想用力咬破/锢着春的硬壳//覆着的冰雪上/绽出一朵一朵的/血印//即使零落/也是烈烈风骨"。诗歌的境界高下决定了诗歌的水平高低，而这首诗歌可以作为诗人的代表作，因为在这首诗里我们分明读到了诗人内心对中华民族推崇的高洁气节的赞颂，这是发自天然的亲和与认同，是具有鲜明民族特点的诗歌，诗句不多却有大家之气象。

  在写春天的诗歌中，我看到了这首《清明》：

清明的雨

能译出

故去亲人

青色的语言

——节选自《清明》

深情自然的句子如水般流出，不造作，不拖沓，清明的雨水是故去亲人的语言，那语言也是青色的。这种创造性极强，让人心灵一震的诗歌堪称上乘。

在写夏天的诗歌里，我读到这样两首：《初夏五行》《残荷》。从这两首诗歌中我们能够更为近距离地领略到，诗歌入画的特点。如同水墨图，诗歌将瞬间的夏日场景定格在宣纸上，让我们看到了精巧和美。

当然所有的景物都逃不脱季节的束缚，在其他一些诗歌中，我们可能看不到季节明显的痕迹，而诗人在这些景物的描写中则将自己内心的四季表露分明。其中的惆怅、无奈、寂寞、枯寂的心灵世界已经让诗歌的景物都着"我"之色，因此"我"之喜怒哀乐都映照在此诗此境中。在《醇厚的土地》《蝶》里，我们看到了诗人近乎直白的呼告，这样的诗歌创作在他的诗歌中不多见，有点自画像的意味，也更见风骨。

他还有一类诗歌，我偏于对这类诗歌的喜爱，那就是其含蓄、带有禅意的表达，常常在读后有空谷回响的意味。比如《枣树》：

仿佛听到

老家院子里那株枣树

啸出秋声

我便秋色起来

——节选自《枣树》

这样的诗歌,言语精炼,似乎什么都说了,又似乎并没有真正用文字表达,其中的诗意和张力极大,值得反复回味。秋色是什么颜色?说不出道不明,但其中的意味已经感染了人本身。在诗歌《水声》《沂山小记》里都有令人惊讶的好句子,比如:

山脚有一巨石

从母体分离

脚已着地

好似一喊它

便随我出山

——节选自《沂山小记》

这样的诗句属于灵感一现,是可遇不可求的创造。这样的创造不是谁都可以具有的。这样的诗歌,在诗人李金昆的诗集中可以看到很多,比如《平越古城》《深藏着的湖》《折叠》《啄食》《煮酒》《滋味》《无题》《重游大明湖》等等。在对平越古城的凭吊中,他写道:"抚摸六百年前的石头/明朝很凉";在《啄食》里,他写道:"我的岁月/是一枚橙红的柿子/被飞来的鸟儿/一口一口啄食/时间喊疼"。从这些接近上乘的诗歌中，可以看出诗人的创作功力。

品读李金昆先生的诗歌，如同在欣赏一座座华美的雕塑，时时会被他作品中的绮思所惊艳。多年来，由于对自然万物、对人生意蕴的深切体悟和把握，由于诗性的天然敏感，金昆在写作时往往有出人意表的灵感发现，这些天赋诗思使他与那些矫揉造作、为赋新词强说愁式的写作区别开来，几达以一抵十、不言而喻、物我两忘之境。这既体现了诗人的境界、修为，也充分展现了他对于诗歌语言的修习之功。说到底，对诗歌而言，最重要的不是形式，而是诗人的境界，境界高低决定了诗人的修为，包括语言的修为。

诗人李金昆正走在通往诗神缪斯的朝圣之路上，作为读者和朋友，我期待着看到他更多的佳作。

写于天津大学听雨斋

2018 年清明时节

（马知遥，著名诗人、学者、文学评论家，天津大学教授、博导，著有《感动写作论》等专著多种。）

图书在版编目（CIP）数据

四季景深／李金昆著. —济南：山东文艺出版社，2018.6
ISBN 978-7-5329-5615-9

Ⅰ.①四… Ⅱ.①李… Ⅲ.①诗集—中国—当代 Ⅳ.①I227

中国版本图书馆 CIP 数据核字（2018）第 067393 号

四季景深

李金昆　著

主管单位	山东出版传媒股份有限公司
出版发行	山东文艺出版社
社　　址	山东省济南市英雄山路 189 号
邮　　编	250002
网　　址	www.sdwypress.com

读者服务	0531-82098776（总编室）
	0531-82098775（市场营销部）
电子邮箱	sdwy@sdpress.com.cn

印　　刷	山东泰安新华印务有限责任公司
开　　本	890mm×1240mm　1/32
印　　张	6
字　　数	100 千
版　　次	2018 年 6 月第 1 版
印　　次	2018 年 6 月第 1 次印刷
书　　号	ISBN 978-7-5329-5615-9
定　　价	35.00 元

版权专有，侵权必究。如有图书质量问题，请与出版社联系调换。